Seo Gyeong-Suk

시인 서경숙/ 사진 이승제

햇빛의 수인번호

서경숙 시집

햇빛의 수인번호

시학 Poetics

어둠에 오래 갇혀 있던 것들

그들이 내가 되고 내가 그들이 되었던,
가장 부드러운 혀로 환부를 핥던 이야기
풀어 놓는다
가라
태곳적부터 흘러온
그 시원을 향해 날아가라
이생에서 다시
맑은 영혼으로 날아올라라

2012년 8월
서경숙

차 례

제2부 기억의 둥근 자리

제3부 잠복기

제4부 햇빛의 수인번호

제1부

모퉁이 돌

줄기에서 떨어져 나온 것
변방으로 흘러간 것들이,

주춧돌이 되는 시간

감

당신의 정원에서 첫 수확한 감을 건네는 순간
내 몸 안 붉게 터지는 感
깨알같이 빼곡한 연서들이
떫은 시간을 지나서 꽃보다 더 붉게 피어난 감들

나는 당신의 무엇에 感電되었을까요
몇 생을 걸쳐 피워 냈을 당신의 感꽃들,
서늘한 눈빛, 눈물들이
목젖 깊숙이 비수로 박히는 그믐밤
목숨까지 흔들리며 잎보다 더 많이
흔들리며 피워 낸 당신의 感꽃들,
수많은 感꽃들이 제 목숨을 버려 얻은 감
단 하나 익은 감을
내게 건네는 순간,
몸 안 환하게 터지는
나의 달콤한 感, 감이여

애기단풍 숲을 지나다

한 번도 제 속살을 보여 준 적 없는 천 년 전 여인이
단풍 숲을 지나 문수사*로 갑니다
지혜의 보살님 차마 사랑이라 말하지 못하는
제 가슴속 바람을 그냥 지나가게 해 주십시오
싸리 울타리 안
밤을 모르는 어린 서방의 투정을
잠재울 수 없는 것일까요
몇 겹의 생을 지나는 길목인가요
이생에서도 그는 왜 바람으로
내 치마폭을 흔들어 대는 것일까요
계곡 물에 발을 담그자
그도 함께 작고 하얀 발을 담그는데요
얼음송곳 같은 차가움이 온몸에 상흔으로 남습니다
그가 차가운 발에 입 맞추는데요
천 년 동굴벽화 속의 해독되지 않는 부호처럼
아무도 모르는 몸짓으로
바람과 바람으로 우리 몸 섞을까요
수없이 태어난 우리의 자식들이

잎잎이 피어나 저렇듯 붉은 몸짓으로 매달리는 이곳

이제 쓸쓸히 또 몇 생을 지나

아름드리 수백 년 몸짓들이

홀로 뭉텅뭉텅 베어 먹은 밤의 숨결들이

처연히 몸을 섞는 단풍 숲을 지나 문수사로 갑니다

* 문수사 : 전북 고창의 청량산(621m)에 있다. 643년(의자왕 3년)에 신라의
자장율사가 창건한 고찰. 들어가는 길목의 운치가 빼어나다. 빽빽이 들어찬
수령 오래된 아름드리 애기단풍나무가 입구를 뒤덮고 있다.

푸에르 에터누스 · 1*

내 어머니를 표주박처럼 달고 마음껏 뛰어다닙니다
아무것도 책임지지 않아요
순간순간 즐거움에 나를 내어 맡기지요
밤의 그물을 용케 피해 다녀요
꽃들과 새와 호수를 바람으로 넘나들며
금빛 날개로 당신을 눈멀게 하지요
나는 숲에서 수많은 여인들과 정사를 나누고
꽃들을 슬어 놓고 달아나 버립니다
폭풍을 몰고 다니며
내가 낳은 꽃들을 찢어 놓기도 해요
지나온 거리는 부서진 집들과 피 묻은 옷들,
깨진 술잔이 나뒹굴어요
나의 변덕을 누군들 알겠어요
방탕한 디오니소스의 그림자가 늘 따라다녀요
쓸쓸해진 나는 밤마다 강아지를 끼고 잠이 들어요
잃어버린 한 쪽 신발과 집 나간 고양이를 찾아
우주를 떠돌며 고뇌하기도 하지요
아하~ 나를 한없이 작아지게 하는 당신

나의 영원한 마돈나 이 밤 어디에 계신가요?

* 푸에르 에터누스Puer Aeternus : 라틴어로 '영원한 젊은이'를 뜻함. 고대 신의 이름으로, 오비디우스Ovidius의 『변신 이야기Mentamorphoses』에서 나오는 어린이 신 이아쿠스Iacchus를 영원한 젊은이라고 불렀다. 나중에 이 어린이 신은 디오니소스와 에로스와 동일시되었다. 심리학적으로는 심한 모성 콤플렉스로 어린 시절 내면의 자아가 성장하지 못한 상태로 성인이 되어서도 현실에서 문제를 일으킨다.

푸에르 에터누스 · 2

날개가 젖어 더 이상 날 수 없는 깊은 밤,
바다로 추락합니다
별이 될 수 없는, 술잔의 파편들이
몸 안을 흘러다닙니다
파편들은 매복병처럼 튀어나와 물그릇을 뒤엎습
니다
건드리지만 않으면 나는 착한 엉겅퀴 보랏빛 꽃방울,
찔레꽃의 숨은 손톱,
가시는 나의 슬픈 보호막이지요

몸 안을 떠다니는 가시덩굴 어머니
당신이 손톱을 세울 때마다
나는 양수가 출렁이는 표주박 속에서 깊은 잠을 잡
니다
흔들지 말아요
내 안에 가시꽃들 같이 잠을 깹니다

흔들지 말아요 가시덩굴 나의 어머니,

버려진 손톱은 당신의 얼굴을 향하여 날아갑니다

잠을 깨요 그대
— 블랑시 플레르*

긴 여정 끝 당신의 성문 앞에 도착했습니다
무엇이 나를 이곳까지 오게 했을까요
어둠을 가르던 빛의 소리,
그 위를 떠돌던 바람,
처음부터 하나였을 몸의 기억들이
나를 인도했을까요
의심과 절망의 밤들,
다시는 나오지 못할 것 같았던 우울의 늪지를 지나
걷기만 지속되던 사막을 건너,
지금 새벽 두 시 영혼의 깊은 잠을 깹니다
나를 흔들어 꽃으로 태어났던 수많은 영희와 순희
그 이름들을 밟고 막다른 골목 그늘에서 생겼던
몸 안 검푸른 상처와 절름거리는 낡은 신발과
처음부터 눈물이었던 어머니가 짜주신 외투를
당신 발아래 벗어 놓습니다

한 번도 와 보지 못한 나라

나의 블랑시

이 성벽을 넘으면 꿈꾸듯 다른 세상이 펼쳐질까요

황홀한 나비로 이 껍질을 벗을 수 있을까요

샘물이 용암처럼 솟아오릅니다

손가락과 발가락 머리카락까지 하나가 되는

순결한 의식을 치른 후

당신을 뒤로하고 떠나면

나는 또 얼마나 먼 길을 돌고 돌아

꿈인 듯 다시 찾아올 수 있을까요

---

* 블랑시 플레르 : 신화 속 인물, 남성의 내면여성, 남성의 내면 깊숙이 존재하며 영감을 주는 가장 순결한 여성, 가슴속 생명의 샘.

내 안의 두 남자

그 둘은 서로를 모릅니다
어느 날 한 남자는 노인으로
나그네로 스쳐 지나기도 하고,
다섯 살 사내아이로
살구꽃 웃음을 나풀나풀 날리는데요
그런 날은 늑골 사이 접힌 웃음이
폭죽처럼 터져 나옵니다
오늘은 근육질의 젊은 남자와
은퇴를 한 노교수의 모습으로 나를 가르치네요
나에게 낡은 옷을 벗어 버리고 맨몸으로
폭우 속으로 들어가
꿈틀대는 몸 안 벌레들을
땅속으로 돌려보내라고 하네요
습하고 어두운 땅 속엔
떠오르지 못한 유년의 웃음들이 잠들어 있어요
스무 살 분홍 꽃잎들이
사랑이라는 날카로운 비수에 찔려 있기도 하고
먼지 가득한 책 더미 속에 짓눌려 있기도 하지요

살 속으로 파고드는 벌레들을
이젠 그냥 내버려 둘래요
환한 나비의 시간을 기다리며
나는 비상을 꿈꾸지요
내 살들을 파먹고 살아가는
그 두 남자들
오늘은 어떤 모의를 할까요?

그림자
— 인 어 베러 월드*

쥐새끼 같은 놈 친구들은 나를 그렇게 부르지요 부를 때마다 쥐는 이빨을 드러내고 내 몸을 갉아먹어요 꽃들은 뭉텅뭉텅 숨을 놓아 버립니다 강강술래 강강술래 친구들은 돌아가며 돌을 던집니다 아이들의 눈빛이 매의 눈처럼 섬뜩합니다 몸속으로 뛰어드는 쥐들, 어떻게 몸 밖으로 몰아낼까요 작은 쥐새끼 한 마리가 자라나고, 어미가 되고 다시 새끼들이 태어나고…… 머릿속을 돌아다니는 대왕쥐는 눈을 멀게도 하는데요 푸른 칼날 친구의 목덜미에 들이댑니다 나는 쥐새끼가 아니야 옥상 위로 올라가 아찔한 세상 너머로 몸을 날리면 이 무서운 나라에서 벗어날 수 있을까요

그림자가 펄럭입니다
거울을 비추자 쥐의 형상을 하고
나를 갉아 먹던 또 하나의 내가 멈칫거립니다
어둠 속에서 나를 갉아 먹던
다른 나를 끌어안습니다

유령처럼 떠돌던 까만 영혼을 안아 줍니다

울지 못한 눈동자에 갇혀 있는

머리칼 없는 엄마의 얼굴,

소통하지 못하던 벙어리 핏자국이 씻겨 나가는 새벽
이 오고

허공을 떠돌던 두 발을 땅에 내려놓습니다

몸 안의 세상과 몸 밖의 세상에

다리를 놓아 주는 것은

한 마리의 쥐가 아니었을까요

* In a better world : 영화 제목. 한 소년을 친구들은 쥐새끼라고 부르며 왕따
시키고 폭행을 가한다. 이러한 폭력에 맞서 또 한 소년은 친구와 다르게 대응
하는 것을 보여준다.

꽃그늘 아래

개심사 앞마당 배롱나무
제 몸 제 꽃 연못에 빠트리고
나에게 다가오라 손짓하는데

다시 돌아갈 수 없는
그리운 꽃그늘

광야를 떠돌던 하갈의 눈물처럼
너에게 간절히 스미고 싶어
모래 바닥에 등 대고 누웠네
피 묻은 맨발로
전갈이 춤추는 사막의 밤
다시 돌아가고 싶어
먹이가 되어도 좋아
뜨거움과 차가움 그 간극 사이로,
모래바람 불어오고

너에게 스미고 싶어

알알이 붉은 꽃으로 터지는
배롱나무 꽃그늘 아래

등꽃나무 이야기

금빛 햇살 아래
이야기들이 거꾸로 매달리기 시작하는데요

물안개 몸 틀며 피어오르는 호숫가 모퉁이 집 안마
당인데요 살구나무 속살거리는 소리 노랗게 드러눕고,
발정난 들고양이 누구라도 좋아 붉은 등 켜 들고 갸르
릉거리는데요 물안개, 살구나무, 들고양이…… 사랑은
마음으로만 하는 것이 아니라고 하는데요 마음보다
뜨거운 꽃숭어리 몸등불이 피어오르는데요

밤이 되자
사마귀 붉은 구애가
등꽃 가지를 타고 오르는데요

날마다 불온한 이야기들이 자라나는데요
보랏빛으로 잘게 잘게 퍼져 나가는데요
귀 열고 가만히 들어보실래요?
몸에서 몸으로 건너가는,

누구나 아무나 한때 심장 터지던

등꽃 소리를,

별

몸은 붙잡혀 대문에 걸려 있고
혼만 살그머니 빠져나와
꽃잎 띄워 보내네
꽃잎 한 장 한 장 새겨 넣은
몸의 소리들이 빛으로 터지는 밤

꽃잎의 전언을 받은 그는
잠시 내려앉네
강화도 별빛 속에서 잡은 손끝 안으로
내 안의 빛무리들이 수포처럼 터지네
그는 오스트리아 잘츠부르크 호수의 물빛을 이야기
하네
수억 광년 흘러온 빛들이 이제야 닿아 머무는
마지막일지도 모를 짧을 시간 속으로
꽃을 빙자한 숨소리들이 어둠 속으로 떨어지네

뿌리만 남아 있는 3월의 로즈마리 화분 위로
이름 없는 겨울 별빛으로 흘러가라고

떠도는 바람 속으로 흘러가라고
붉게 뛰는 심장을 대문에 못 박으며
그를 향해 손을 흔드네

백련사 동백 숲에서*

여러 마음 뒤섞인 발자국들 올라가고 있다
주저흔도 없이 단번에 목을 꺾은 동백들
붉은 눈 감지 못하고 있다

한 생을 건너가며
마지막 순간까지 놓을 수 없던 것은 무엇일까

몸통에서 떨어져도 놓지 못하는 집게발게의
집착 같은 사랑
죽어도 못 잊는다고
서리 내린 저녁 마지막 가지에 매달려 있던
홍시 같은,

파랑 같은 오백 년 세월 속에서도
목을 꺾으며 매달리는
한 맺힌 붉은 사랑 같은 것

---

* 전남 강진군 백련사 남서쪽 구간에 5.2헥타르에 달하는 면적에 수천 여
그루가 군락을 이루고 있으며 천연기념물 151호로 지정, 보호되고 있다. 수령
오백 년이 넘는 동백이 장관을 이루고 있다.

감자 순

어떻게 꽃 피울까 곰곰이 생각하는 시간

평행선으로 치달으며
좁혀지지 않는 추운 거리에서
꽃들은 더 이상 피어나지 않았다
손 놓고 울어 버린 겨울 자리만큼
거리가 더 멀어졌다
올라오는 새순 똑똑 따 버리며
짓뭉개는,
희망이 보이지 않는 마지막 항암치료처럼
가장 추운 겨울이 흘러가고 있었다
몇 번의 결빙과 해동을 겪으며
말랑말랑 썩어지며
놓아준 빈자리

썩어서 푸르러진 것들,
세상을 밀어 올리고 있다

연기

아궁이에 불을 때 보면 알지
습기 남아 있을수록 타오르지 못하고
연기가 나지
바싹 마른 장작이 불꽃을 피우지
몸 안 습기를 다 내보내면
그때 불꽃으로 타오르지

청보리밭 모퉁이 돌다
걸려 넘어진 바람이
4월의 벚꽃 흔들며 맨발로 간다
맨발로 걸어갈 길은 없다고
주르륵 미끄러져 내리며 잡았던
모퉁이 돌이 비릿한 현기증으로
남아서, 뭉클한 습기가 된다
그해 여름 폭우 속에서 놓아 버린
멀미 나던 꽃잎도
이생을 지나 강물로 흘러가는 저녁
새파란 그리움이 쪼그리고 앉아서

아궁이에 장작을 넣는다

다 태우고 한 줌 재로 사그라지길
이울어지는 달빛 속으로
연기, 흘러간다

마량포구 동백 숲에서

꽃숭어리가 손바닥만한 붉은 동백,
원줄기에 접붙이기하면
손바닥만하게 크게 꽃 피우는데
꽃 피우고 나면
접붙인 가지가 말라 죽는다는데
딱 한 생애만 사는 저 가짜 같은 진짜 동백

사람들은 축제를 벌이면서 줄을 서서 들여다보고
있다

나는 시인일까 상담사일까
어느 것이 원줄기일까

제2부
기억의 둥근 자리

뾰족하게 찌르는 것들
모서리가 둥글어졌다

둥글어지기까지 얼마나 많은 강물이 흘러갔을까
얼마나 많은 바람이 쓰다듬었을까

쓰다듬던 강물과 바람의 기록들

기억의 둥근 자리 · 1
— 암장

먹먹한 거리에서
너를 공전하던 시간
손을 뻗어도 만져지지 않는
그리운 갈비뼈

뚝뚝 부러뜨려 땅속에 묻지 묻어 놓고 식탁을 차리
지 어둠은 일용할 양식 날마다 먹지 막달라 마리아도
향유로 발을 씻지 꽃잎으로 날아오른 영혼에게 돌이
날아들지 세상은 돌들로 넘쳐나지

갈비뼈 사이사이 떠오르던 무지개 이제 없지 딱 하
나뿐이라던 진분홍 기억 뚝뚝 부러뜨려 땅속에 묻지
주기도문도 성모송도 부활시키지 못하지

기억의 둥근 자리 · 2
— 산천어 이야기

신경세포가 나침반처럼 당신을 향해 방향을 찾습
니다
무릉계곡, 너럭바위 위에 등 대고 누웠습니다
바람이 황홀한 산벚꽃 잎을 계곡 물속으로 밀어 넣
는 한낮,
점박이 산천어가 낯익은 옷으로 갈아입고
기억의 둥근 방문을 노크합니다

나를 당신에게로 끌어당기는 힘은 무엇일까요
수억만 년 전 생성된 너럭바위,
그때 우리가 이곳에 함께 누웠던 것은 아니었을까요
비밀스러운 구름을 끌어다 덮고
바위를 텅텅 두드리자 오래된 문이 열립니다
둥실 떠올랐다가 이우는 천 개의 보름달 속으로
당신과 나의 옷자락이 스쳐 지나가고
빛의 속도로 우리는 이 우주를 몇 생이나 에돌았을
까요

나는 맨발로 당신이 헤엄치는

차가운 물속으로 걸어 들어가

세포 속에 숨어 있던 꽃들을 당신에게 흘려보냅니다

당신은 나를 바라보며 웃습니다

나는 아가미가 없어서 당신의 언어를 해석할 수 없
다고 말하자

당신은 계곡 가득 툭툭 들깨처럼 터지는

꿈의 알들을 슬어 놓고 초록 물비늘 속으로 사라집
니다

당신과 나는 다른 옷을 입고 있는데요

우리는 몇 번의 생을 더 지나야

같은 옷을 입고 같은 잠을 잘 수 있을까요

꽃향기 속으로 선명하게 그려지는

당신의 얼굴을 볼 수 있을까요

초록 물비린내 뭉클한 산천어가

무릉계곡을 지나 산 구름 저편으로 흘러가는 저녁입
니다

기억의 둥근 자리 · 3
— 두물머리에서

겨울 강 얼음장 밑,
어둡고 차가운 눈물로
너를 보냈던 두물머리
휘어진 버들가지 끝으로
저녁이 오고

사라졌다 떠오르며
다시 흘러가는 꽃그늘 안에서
그가 빈혈증으로 흔들린다
둥근 어깨뼈 위에 걸린 구름 물결,
숨결이 번져 나가던 정수리
은초롱 꽃 자국이 어둠 속에 선명하다
손끝으로 해독되는 소리 없는 언어들,
붓 자국 선명한 그림들 하얗게 탈색된다
아니라고 되돌린 길 끝을 잡아당겨 본다
맨 처음 그 자리,
흰빛 무리로 어룽거리며

꽃잎 속으로 분절되어 흘러간다
사랑이라는 미궁은 어디로 이어지는 것일까

첫새벽 얼음 위로 물안개 피어오를 때까지
오래도록 몸 안 그림들을 흘려보낸다

기억의 둥근 자리 · 4
— 함초*

대부도 갯벌 위에 붉은 몸으로 서 있다
강박증 내 애인은 내 몸 구석구석 먼지를 턴다
비뚤어지는 것은 안 돼 올을 맞춘다
짠물이 밀려들어 온다
어느 곳에 뿌리를 내려야 하나
물속에 잠겨 오래 생각한다
강박증 내 애인은 생각들에게 명령한다
줄은 똑바로 서 있어야 해
몸들이 붉은 생각을 한 겹 더 입는다
소금 알갱이들이 반짝 이를 드러내며 웃는다
재깍재깍 초침 속으로 열두 시간 흔들린다
고비처럼 도르륵 몸 안 길들이 말린다

물속 세상은 늘 어둡다
둥글게 원을 그리며 후드득 햇살이 떨어진다
강박증 내 애인은 냉큼 머리 위로 그늘을 만든다
나는 햇살이 필요해요 손가락 하나가 툭 부러진다

나는 햇살이 필요해요 필요해요 필요해……
거친 호흡의 결들이 번져 나간다
전생의 유전인자들이 항의한다
이곳이 아니야 뭉뚱그려진 소리들은 물 밖으로 걸어
나간다

강박증 내 애인은 내 몸 안에서 진종일 청소를 한다
그래도 붉은 풀들은 무성해진다

---

*함초 : 바닷가 갯벌 위에 사는 붉은 풀, 소금의 좋은 성분(미네랄, 칼륨 등)
들을 흡수하여 자라남. 약용으로도 쓰임.

기억의 둥근 자리 · 5
— 물봉선

산골짜기 흐르는 물가 물봉선 연분홍 물결이 왼쪽으
로 걸어간다

염색과 발색이 반복된다

그리워 그리워라고 말한다

햇살 속에 일곱 번 말린다

색깔이 선명해진다

이젠 아니야 가락지를 뺀다

남은 흔적이 하얗다

다시 돌아오라고 그가 말한다

심장이 그의 목소리를 기억한다

쿵쿵거리며 온몸에 꽃물을 보낸다

꽃물의 기억이 칩으로 내장된다

접힌 길목에서 그가 다시 말한다

말들은 비눗방울로 부풀어 올라 터진다

시계의 초침을 되돌린다

모래시계처럼 손가락 사이로

시간이 빠져나간다
붙잡을 수 없는 것들,

그가 다시 돌아와 다시 돌아오라고 말한다
메아리치는 목소리가 간절함으로 굳어진다
길은 다시 두껍게 접히고
우뇌의 기억과 좌뇌의 기억이 부딪친다
서로 아니라고 말한다
손발이 각각 모른 척한다

내장된 꽃물의 기억들이
클릭 한 번으로 화면 전체에 떠오른다
산길에 가득한 물봉선 무리들이 물무늬 지며 흘러
간다
왼쪽 표지판이 떨어진다
그가 안녕이라고 말한다

기억의 둥근 자리 · 6
— 변신*

노래가 되지 못한 음표들이
허공을 떠돌아 진눈깨비로 내려앉는
어스름 늑대와 여우의 시간

어느 날 벌레가 되어 버린, 먹다 던진 사과 하나에
생을 마감했던 친구가 녹슨 쇠창살 문틈으로 기어 들
어온다 아무도 알아보지 못하는, 소통되지 않는 벌레
의 음들이 우우우~ 흩어져 어두운 동굴 안으로 숨어
든다 그랬어, 그럴 수밖에 없었다니깐…… 외로운 항
변들이 바닥에서 부글부글 솟아오른다 살아남기 위해
선택한 시간들이 화살로 되돌아오고, 부디 나를 밟지
마라…… 날아가 네 영혼까지 도달하고 싶어 한 줌 빛
으로 스미고 싶어……

또다시 날아드는 사과…… 깊은 어둠에서 눈뜨면
나는 무엇이 될까요?

상처가 아물기까지 얼마나 많은 빛이 필요할까요

* 카프카의 『변신』 중에서, 주인공 글레고리오는 어느 날 아침 눈을 떠 보니
벌레가 되어 있었다. 가족들도 벌레가 된 주인공을 알아보지 못한다. 먹다
던진 사과에 목숨을 잃는다.

기억의 둥근 자리 · 7
― 그림자

내 몸에 굴을 파고 살고 있는 짐승은
하루 종일 잠만 자다가
밤이면 슬금슬금 유령처럼 깨어나 어슬렁거린다
비 오는 날 밤에는 온몸 구석구석 헤집고 다닌다
오늘은 몇 개의 무덤이 생길까
어두운 골방 울다 잠든 어린 계집아이
비 떨어지는 처마 밑으로 내몰기도 하고
포효하는 소리로 고막을 터뜨리기도 한다
속살속살 사랑은 믿을 게 못 된다고
아이에게 노래를 가르치다가……
툭툭 발로 차고 놀다가
얼굴 없는 화성 연쇄살인범의 마스크를 쓰고
캄캄한 들판을 가로질러 달려가
긴 머리 새댁의 배를 찌른다

'나는 임신부예요 내 안에 새 생명이 자라고 있어
요……' 무표정한 군중들, 시퍼런 비수가 배를 집중
적으로 공격하는데 그냥 바라보고만 있다

내가 나에게 살해당하는 비 오는 어둠 속……

기억의 둥근 자리 · 8
— 처음 선물로 받은 붉은 리본이 없어졌다

귓속 달팽이관에 물이 차오르면
햇살 속으로 둥둥 떠오른다
생의 휘어진 길목
늘 발목을 잡는 익숙한 손
그림자에 걸려 넘어진다

부러진 날개 밑 아직 살아서 꼬물거리는 어린 꿈들
소리 없이 붉은 리본이 없어진다
누가 꿈속까지 따라와 가져간 것일까
살아 숨 쉬던 사랑도 밟힌 달걀처럼 깨어진다
원형탈모증으로 울던 가슴속 허기
울음의 저편 감지할 수 없는 기호
해독되지 않는 손
사라지는 것들……

까마득한 골짜기
건너지 못하고 서 있는 푸른 꿈,

잃어버린 붉은 리본이 돌아와 목을 조른다

허공으로 한 발 내딛으면 길이 된다는 것을 알지 못
하는 어린 꿈 하나가

아직 길을 만들지 못하고 서 있는,

있는 것들이 자꾸만 사라지는

어두운 꿈속 부러진 날개 밑

귓속 달팽이관에 물이 차오르면

잃어버린 것들이 등 뒤 푸른 별무리로 떠오르고

아직 날개를 갖지 못한 어린 꿈들

그림자에 걸려 넘어진다

기억의 둥근 자리 · 9
— 별

그해 여름
서로를 할퀴며 움켜쥐던 손을 놓아 버리자
핏자국 시간들
명치끝에 걸려 얼음 강이 되었지요
이승과 저승의 길목,
깜깜한 어둠 속이었는데요

덫에 앞발을 다친 어미 개가
제 상처 헛바닥으로 핥으며
새끼 곁으로 다가가 젖을 물리던
환한 몸짓이,
몽글몽글 빛의 알갱이로 솟아올라
산 너머 공동묘지까지 환하게 비추었는데요

어두운 중환자실
어미 개의 침샘 아래 고여 있던 빛의 알갱이가
링거액처럼 목줄기를 타고 흐르는 밤인데요

묵주를 든 피에타* 어미의 몸짓이,

이생의 옷고름을 잡는

어린 아들의 처연한 몸짓이,

몸 안으로 환하게 스미는 것이었지요

우주에는 수많은 어미의 별들이 떠있지요

어두울 때 더 반짝이며 떠오르지요

---

* 피에타 : 성모 마리아가 십자가에 매달려 죽은 예수의 시체를 무릎에 안고
슬퍼하는 광경을 표현한 작품. 미켈란젤로의 〈피에타〉가 유명하다.

기억의 둥근 자리 · 10
— 양철북*

　내 머릿속을 떠도는 차마 잊지 못하는 커다란 바위
들이
　자잘한 돌멩이로 강가에 내려앉는 저녁
　부러진 기억에 괜찮아 괜찮아 부목을 댄다
　양철북을 두드리며 자라지 못한 일곱 살 계집아이
　소금사막을 건너 집으로 돌아온다
　오래 걸어온 슬픔들이 그늘을 만들고
　발바닥 물집 속 원망의 이야기들 부풀어 터진다

　아버지 그때는 왜 그러셨어요……
　아버지의 고함 소리는 늘 동백꽃으로 진다
　일곱 식구의 무게로 뼈만 남은 아버지 푸석,
　한 줌 재로 스러진다
　숨결들은 어두운 점자로 떠돌아 읽히지 않을 테지만
　세상에 늘 겨울만 있는 것은 아니라며
　토닥토닥 어깨를 두드리는 아버지의 온기가
　한 자락 어둠을 지운다

몸 안 둥지를 틀고 앉아서 뼈를 쪼아 대던 새가
반짝이는 겨울 햇살 속으로 푸드득 날아간다

---

* 소설 『양철북』에서 인용. 조숙한 주인공은 추락 사고로 성장이 멈춘다.

기억의 둥근 자리 · 11
— 왼쪽 나라

너무나 많은 나의 왼쪽들
시곗바늘이 째깍째깍 왼쪽으로 돈다

아침에 태어난 아기를 세 번째 딸이라고
저녁까지 윗목에 밀어 놓았던 내 생의 첫 시작,
그 어둠을 몸은 기억하는 걸까
어머니의 울음과 한숨 소리가
얼음 알갱이로 떠다니며 서늘한 그늘을 만든다
밤마다 충치처럼 욱신거리는 언니와
줄 앞에 선 사내 동생들을 둠벙 속으로 밀어 넣었다
그럴 때마다 나는 빈 껍질로,
유령처럼 둠벙 위를 떠돌았다
생인손톱 빠지던 그해 겨울
오지 않는 어머니를 기다리던 병실의 링거액은
붉은 강으로 흘러가 버렸다
위벽으로 스미던 소주 방울이
쓰라린 현기증으로 머무는 왼쪽의 방,

웃자란 풀들이 무성한 채 폐허로 떠도는 유년의 왼
쪽 꽃밭,
밤마다 둠벙에 밀어 넣은 그림자가
왼쪽 나라에 넘쳐나고,
너무 무거워 축 처진 나의 왼쪽 나라……

어머니, 겹겹의 내의를 껴입어도
늘 추운 겨울 둠벙에 햇살이 내려앉아요
개구리가 알들을 풀어 놓고
복수초는 얼음을 뚫고 노오랗게 꽃을 피웁니다

어머니, 버들피리 속으로
내가 잃어버린 꽃신을 찾아 들고
그가 수백 번의 겨울을 지나 걸어오네요
어머니, 이제 왼쪽 신발 하나를
강물에 흘려보냅니다

기억의 둥근 자리 · 12
― 폐광에서

한여름 휴가 길 보령 폐광에서 양송이버섯을 기른다
기에 들렀다 갱도에서 소름 돋는 찬바람이 나오고 있
었다

갱도를 따라 내려간다
생의 막장
뼛속에서 퍼 올린 눈물들이
고드름처럼 거꾸로 매달려 자라나고
꽝꽝 대못을 쳐 입구를 봉쇄해 버린
무의미의 방들은
입을 다물고 조용하다
아무도 다녀간 흔적이 없는데
방 귀퉁이 정지해 있던 씨앗 하나가
스스로 다른 빛깔로 발아하고 있다
엎드려 있던
꽃들이 폭죽을 쏘아 올린다

등골 서늘한 냉기로
다른 생명을 키워 내는
저, 어둠의 발화

겨드랑이 밑에서 양송이버섯이 자라고 있다

기억의 둥근 자리 · 13
— 회전근개 파열*

둥근 어깨에 매달렸지
모든 것이 둥글어지며 무게가 사라졌지
나비가 된 듯 무게를 덜어 버렸지
태초부터 있었던 이브의 슬픔도 어깨에는 없었지
어깨의 허공은 북서풍 찬바람도 비껴간다고 믿었지
왼손 왼발 깍지를 끼며 착착 감았지
뜨거운 것이 빛나는 꽃이 된다고 믿었지
어깨에는 꽃들로 넘쳐났지
그렇게 한생이 흐른다고 믿었지

어깨는 꽃의 무게로 바둥거리며 뛰쳐나가고 싶지
부서지면서 무너져 내렸지
스스로 뜨거운 꽃들은 다시 매달리지
어깨는 밤마다 비명을 지르지

---

* 회전근개 파열 : 어깨를 감싸고 있는 힘줄이 염증이나 퇴화로 파열된 것을
말하는데 극심한 통증을 동반하면서 팔을 잘 움직일 수 없게 된다.

제3부
잠복기

신열 속에 알알이 박혀 있다가
빛이 익으면 터지는
색깔들

내가 나로 온전히 물드는 시간

숨소리
— 개선사지 석등

네 손 안에 갇혀
빗방울 화석으로 새겨진 눈물들

발끝에 떨어지던 대숲 바람소리
아직은 어두워 어두워

연꽃을 거꾸로 피워
네 안에 불을 밝히면

별도 들지 않는 폐허
엎드려 떨던 죄 깊은 생각들 사위어 가고

환해지는 이마를 네게 기대며
내 안에 들어앉은 숨소리 읽는다

바람으로 오시는
— 소쇄원에서

대숲 사잇길을 지나
세상과 나의 경계를 지나
나에게로 오시는가
저편 계곡에서
그대 나에게 손짓을 하시는가

나의 이름을 잊으셨는가
전생처럼
아무것도 기억하지 못하는 내가
잰걸음으로
하루, 천 개의 얼굴로
그대 곁을 맴도는데

그대가 데리고 온 달빛이
휑한 늑골을 지나
바위틈으로 사라지는데
그대의 옷섶

오래 닳은 소맷귀에 머물며

하루 수백 번
내 안을 수시로 넘나들며
머물지 않는 이 생의 그대를
바람 속으로 놓아 보냅니다

좌표

손가락 끝마다 반짝이는 꽃초롱을 달고서
만지는 것마다 꽃이 된다고 믿었던
스무 살 숲길

숲 향기가 젖은 머릿결로 수런거리던 날
야생의 푸른 수염을 한
연인이 살 것 같은,
다리 밑 그리운 엄마가 기다리고 있을 것 같은,
슬퍼도 좋을 바람 불어올 것 같은,
안개 자욱한 샛길 걸어 들어갔다

궤도를 벗어난다는 것은
추락한다는 것이었을까
하데스*의 협곡 사이로 바람이 불어오고
시시각각 변하는 안개 속 풍경은
길을 잃고 있었다
잃어버린 딸을 찾아 헤매는 어미의 눈물도,
먹지 말아야 할 석류도 없었다

바람에도 이빨이 있다는 것을
그때서야 알았다
물어뜯기고 나서야 아는
어리석은 꽃잎 떨어지고
괜찮아 괜찮아
길을 잃고 나서야
좌표가 없는 길 끝을 당겨 보았다

몸 안 가득한 계곡의 냄새를
눈물로 씻고 문지르고
선명한 좌표 새겨 넣었다

---

*하데스 : 그리스 신화에 나오는 지하세계, 명부의 왕.

흔들리며 서 있는
— 석문호에서

제방 위 흰꽃여뀌 작은 몸 흔들린다

갈매기 날아오르자 반달 모양으로 펼쳐지는 물결들

살 아프게 갈비뼈 사이를 파도치며

뼈 사이사이에 비문처럼 새겨진 글자들을 해독해
내고

오래된 흑백영화의 자막처럼

상한 글자들이 흔들리며 느릿느릿 지나간다

파라솔 밑 붉은 함지박에 숭어들이 바다를 잃고 갇
혀 있다

숭어를 잃은 바다는 아무 일도 없이 조용하다

곤쟁이젓같이 푹 삭은 웃음의 몸뻬 입은 아줌마가

익숙한 솜씨로 숭어의 속살을 발라낸다

바다의 붉은 살점을 소주와 함께 씹는다

바다가 꾹꾹 씹히며 아릿아릿하다

生을 한 자락 앞서 가던 옆에 앉은 노신사가

'사는 것은 잊혀 가는 거라' 일러 주지만

상한 글자들은 흔들릴 때마다 상처를 내고

하늘엔 보이지 않는 낮별이 하나 더 뜬다

물결들이 흔들릴 때마다 소주잔 속의 긴 제방이 흔
들린다
나도 같이 흔들리며 서 있다
흔들리며 더 꼿꼿해져 간다

다시 석문호

사소한 눈물방울들이 나를 출렁이게 하는 날

작은 입자로 부서지며
바다에 몸 섞는다
안 된다 안 된다 내가 짠 촘촘한 그물에
무리 져 헤엄치던 실치들 걸려들어
숨을 놓는다

투명하게 속이 들여다보인다
흐물흐물 뼈도 없을 것 같은,
그래도 가만히 들여다보아
내 안에 뼈도 내장도 다 들어 있어
나를 통째로 내어줄 뿐이야

빈속, 투명하게 나를 펼친다
주름진 뇌세포 사이사이 숨어 있던 기억들
한 번도 나를 통째로 내어준 적이 없는
꼿꼿한 통뼈 잔가시들이
소주 방울 속으로 튀어오른다

독버섯

장마 끝난 후 젖은 숲길에 들어서면
붉은 모자를 쓴 여자
진한 화장을 하고 복사꽃 같은 웃음 날린다
진짜와 가짜를 구별 못하는 사이

'네가 아니야' 들쥐처럼 심장을 파먹고
'떠나는 것이 버리는 것은 아니야'
명치끝 통증이 부풀어 터지고
놓지 못하는
뜨거운 피가 점 점 점 피어오른다
버려야 할 것과 간직해야 할 것을 고르는 사이
매일매일 먹은 독한 그리움이
점 점 점 혀 밑으로 스민다

내겐 독이 없어요
붉은 모자의 여자가 말한다
진짜와 가짜를 구별 못하는 사이

민들레의 뿌리는 깊다

아파트 담장 옆 시멘트 보도블록 틈에
노란 민들레 한 송이 피었다

기억의 회오리 속 찢어진 날개, 부서진 의자 목발들
불면 속으로 떨어지던 알약들
홀씨로 흩날리던 눈물방울들
그 잔뿌리들이 단단한 틈새를 비집고 들어갔다

한번 닫아건 마음의 빗장을 풀기란
부서진 꿈들을 일으켜 세우기란
허공에 거꾸로 집을 짓는 것처럼
무모하게 보였다
세계는 닫힌 철문으로
길을 막아서고
아득히 흩날리는 눈발 속에
길은 사라지고 없었다
발목 얼어 서 있을 때
가난한 마음에 불씨 하나 당기는 것

손톱 밑으로 핏물이 배었다

얼어붙은 핏물 아래 잔뿌리 하나 힘겹게 몸을 연다
작은 민들레 뿌리가 봄을 연다

길 없는 길
— 청간정*에서

마음의 절벽 위에 세워진 정자 하나

이곳에 서기 위해 눈 덮인 미시령을 넘었다 거친 눈발에 발걸음은 자꾸 허공으로 헛걸음질 치고 앞서 간 길이 지워지고 있었다

눈발 그치자 속내를 드러내 보이지 않는 검푸른 바다 위를 햇살이 뛰어다니며 은빛 수를 놓고 있다 푸르른 바닷속, 아래로 아래로 내려갈수록 빛이 닿지 않아 어두웠다 아무것도 보이지 않았다 문득 어둠은 공포로 다가오는데, 어둠 속에서 제 몸 스스로 빛을 내는 물고기 살아 헤엄치고 있었다 애써 외면하고 살았던 건드리면 시커먼 먹물로 번지는 이름들, 그물에 걸려 등뼈 휘어지게 몸부림치던 멀미 나는 기억들, 미끈, 다 잡았다 놓친 대어도 속살을 찢어 가며 헤엄치고 있었다 살아가노라면 다 잊힌다는 것은 거짓이었다 나를 가둔 것은 내 그물이었다 그물 한쪽 끝을 풀어 놓자 얼어붙은 가슴 해류 속으로 풀려 나간다 한 상처가 한 상처를 감싸 안으며 어둠 속에서 제 스스로 길을 낸다 투명한

망막 사이로 들어와 헤엄치는 빛의 날개들 아득히 젖
어 떨다가 다시 은빛 수면 위로 부상한다

  일기예보에 내일 또 눈이 온다고 한다
  길 없는 길에 길을 내며 다시 미시령을 넘겠다

* 청간정 : 속초시 바닷가에 있는 관동팔경 중 하나. 정자에서 바라다보이는
바다 경치가 빼어나다.

굳은 빵에도 희망은 있다

냉장고에서 꺼낸 식빵에 곰팡이 푸른 꽃을 피웠다
모든 꽃들은 알맞은 온도와 습도, 영양이 있는 곳에서
핀다고 했는데, 곰팡이는 섭씨 5도 추위와 어둠 속에
서 어떻게 이 파란 꽃 피웠을까

그대와 헤어지고 난 긴 겨울 내 몸 빈자리 얼음 강으
로 출렁이고 물안개만 죽음처럼 피어올랐다 뿌리 없이
그 강물 따라 흘러가고, 밤이면 가슴 한복판 쩡하고 얼
음 갈라지는 소리, 강물 속에 아무것도 살지 않는다
생각했는데 얼음장 아래 빙어 떼 살아 헤엄치고 있었
다 수초도 한 무더기 흔들리며 살아 있었다

차갑게 굳은 빵에 애써 꽃 피운 푸른곰팡이 떼어 낸
다 프라이팬 위에 올려놓고 버터로 빵이 노릇노릇할
때까지 굽고 또 굽는다 말랑말랑해지고 더 고소해졌다

푸른 상처들,

흐르는 별을

어둠에 서면 별이 보인다
네 옆에 서서 단 한 번 반짝이고 싶은,

별을 끌어내리면 그때부턴 별이 아니다

그대로 흐르면서 지나가라
내가 상처 하나를 잊지 못하랴

어둠을 지우며 그대에게로 간다
— 매미

아파트 베란다 방충망에 달라붙어 울고 있는 매미
한 마리,
　저 아래 잎 푸른 벚나무 키 큰 소나무 다 놓아두고
　어쩌자고 여기서 울고 있을까

　무덤 속 같은 어둠의 나라에 비 내린다
　잔뿌리 사이로 축축한 슬픔 밀려들어 오고
　화안한 세상으로 잠시 나들이한 지렁이 꿈틀대는 꿈
끌어안는다
　나도 어둠이 전부일지도 모른다는 막막한 두려움이
　옆구리에 켜켜이 쌓여 있어
　덧난 상처는 둥글게 말아 배 속에 밀어 넣지
　한 겨울 한 겨울 지날 때마다
　내 안은 텅 비어지고
　부르지 못한 노래 밀물져 쌓이면,
　끊어진 희망과 굼벵이라 불린 기억을
　한 코 한 코 얽어 투명한 날개 만들어 단다

껍질을 벗을 때마다 자라나는 맑은 영혼의 겹눈들로
이제 어둠 속에서도 볼 수 있어

굳게 닫힌 어둠의 문 열어젖히고 드디어 날아오른다
일곱 해의 어둠을 지우며 그대에게로 날아간다

콘크리트 벽 닫힌 세상 귀퉁이
어둠을 뚫고 올라온 노래 하나
푸석푸석 갈라진 마음 틈새로
소나기 같은 노래 퍼붓고 있는,
새파란 물결로 번져 나가는

빠가사리
— 내린천에서

나보다 비가 먼저 도착해 물이 불었다

계곡을 타고 흐르는 물소리 아롱아롱 귓가에 깊은 밤,

낚싯바늘에 솔지렁이 꿰어 물속에 던진다

반딧불 같은 찌가 물위를 깜박거릴 때

가만 낚싯대를 당긴다

솔지렁이 물다가 내게 걸린 빠가사리

너와 나 어떤 인연이길래

물결로 스쳐 지나가지 못하고

나는 잡고 너는 잡히는 걸까

툭 불거진 눈망울로 한낮 내내 돌 틈 밑에 숨어 있는,

어둠을 저장해야 빛이 되는 빠가사리

별빛도 없는 깊은 밤

먹이를 찾아 헤엄쳐 다니다

내게로 오고 말았니

한사코 거부해도 다가오던 낯선 운명처럼

어둠을 헤엄쳐 빠가빠가 내게로 오는

그물에 걸린

　제부도 갯벌 위에 어망이 쳐져 있다 썰물 빠져나간
뒤 촘촘한 어망 사이에 잡어라 불리는 밴댕이, 동어,
박대, 망둥이 새끼들 걸려 있다 소금기 머금은 바람에
꾸덕꾸덕 비늘이 말라 가는데 물 없는 그물 빠져나갈
길을 몰라 아가미만 뻐끔대며 말 없는 말 내게 건넨다

　내 삶, 밀물과 썰물이 드나드는 길목에 누군가 그물
을 쳐 놓은 것은 아닐까 폐수 섞여 드는 그믐밤 물결
따라 깊은 바다로 흘러가지 못하고 매번 그물에 걸려
숨 못 쉬고 헐떡이는 것은,

드라이플라워 피어나다

생일날 배달된 싱싱한 붉은 장미 한 다발
베란다 창틀에 거꾸로 매달았다

햇살이 그림자도 없이 투과해 들어간다
살아 숨 쉬던 것들
투명하게 드러나는 저 기억의 행로
점점이 붙어 있는 생의 집착들
너에게 매달려 있던 초록의 순간들

이젠 그만 놓아주세요
뜨거운 지문이 찍혀 있는
심장 속에 머리를 처박고
이 생에서 저 생으로
건너뛰기 위해서는 다 비워야 한다고
떨어지며 비워지는 붉은 꽃잎들

가장 절정의 순간에
거꾸로 매달려

향기로운 등신불로 다시 태어나고 있다

다른 한 생으로 거듭나고 있다

낮은 곳에서 · 1
— 꽃샘바람

봉분 속을 투명하게 통과하는 꽃샘바람 뒤쫓아 갑니다

꽃샘바람에 진눈깨비 쫓겨 가면서도 언뜻언뜻 뒤돌아보며 웃고 있습니다 발에 밟히는 낙엽 따스하게 느껴지고 연초록 잎새 하나 어디에도 보이지 않지만, 귀기울이면 벼랑 끝 바위틈 노랗게 잔뿌리 내리는 민들레 촉촉한 숨소리, 버들개지 뽀얗게 솜털 돋는 소리 들리고, 와아 와아 꽃들이 잎보다 먼저 뛰쳐나오려는 성급한 소리 들립니다

푸석한 뼈만 남아 있었습니다 그해 겨울 벼랑 끝으로 내몰려 더 이상 길이 없을 때 그대를 난간처럼 붙잡고 서 있던 자리, 아득히 떨어져 내리던 기억의 꽃잎들, 바람조차 들지 않는 계곡 밑에서 내 허물과 후회들 두엄처럼 썩었습니다 다시는 꽃피우지 못할 것 같은 시간이 십수 년 흘러갔습니다

꽃샘바람, 볼 붉힌 햇살을 봉분 옆으로 쓰러뜨리고,
봉분 속 죽어 누워 있는 뼈마저 말갛게 쓰다듬고 지나
가는 모습 보입니다

낮은 곳에서 · 2
— 자벌레

떡갈나무 가지에 자벌레 한 마리 기어간다 가지에
몸을 밀착시키고 꼬리를 머리 쪽에 오그려 붙였다 펴
면서 푸르른 잎새 촉촉한 세상으로 건너간다 회갈색
울퉁불퉁한 몸은 잎을 갉아 먹는 동안 금세 부드러운
풀색으로 변한다 먹어도 먹어도 나는 변하지 않았다

나뭇젓가락으로 자벌레 집어 세상을 보고 있는 나의
눈 속에 넣는다 그래그래 다 안다 누군들 제 사는 땅
갉아 먹고 싶었을까 차갑고 어두운 벽에 갇혀서도 제
몸에 걸쳐진 가지를 타고 오르는 자벌레 오랫동안 들
여다본다 아무도 나를 집어 제 눈 속에 넣지 않았다

내 부끄러운 몸 무엇을 갉아 먹고 살았을까 길 막히
면 되돌아서서 또 다른 길 찾아도 막아서는 몸 한 세상
온 힘을 다해 건너가지만 떡갈나무 그늘을 벗어나지
못하고 있다 떠나도 떠나도 푸른 떡갈나무 그늘 아래

낮은 곳에서 · 3
― 달개비

파아란 눈물 떨어진다 마음 젖어 흐르며 눈물의 길
따라간다 가다가 길 막히면 되돌아 젖은 마음속으로
간다 마음 한 자락 면도칼 그어 부욱 찢어 내린다 찢어
진 마음 틈새로 여러 개 망가진 인형들, 먼지투성이 얼
음 창고에 나뒹구는 것 보인다 나 인형이길 거부한다

아무도 나를 가꾸지 않고 꽃이라 부르지 않는다 그
냥, 닭의장풀이라 한다 풀섶에 섞여 가늘고 여린 몸으
로 여름 내내 거침없는 햇살 받으며 파아란 꽃 피운다
파랗게 일어선다 나무와 새, 구름까지 품고 있는 하늘
한 조각 가슴에 품어 안는다 나 꽃이길 거부한다

낮은 곳에서 · 4
— 이슬

새벽마다 나의 헤엄은
오대산 깊은 골짜기 용천샘,
시원으로 거슬러 올라간다

옆구리 촘촘한 기억의 비늘들
물푸레나무 수양버들 푸릇푸릇
가슴을 수놓던 자국을 따라 올라간다
뿌연 부유물로 눈앞이 흐려진다
밤새워 울며 흐르던 강물 속으로 뛰어든 적 있었다
그때 더럽혀진 강물은 시간 속으로 흘러갔을까
늘 똑같은 그림으로 선명하게 찍혀 나오는
판화처럼 각인된 상처,
그곳에서 흘러나오는 핏물들, 뻘물들……
혼인색으로 꼬리 치던
피라미 산천어 열목어, 성깔 사나운 쏘가리 꺽지들
보이지 않는다
머리를 처박고 아직은 오염되지 않은

너의 중심으로 잠수한다
기억의 비늘을 다시 흔들어 본다
맨 처음 나뭇잎에 뛰어내리던
한 방울 이슬의 눈동자였을 그대,
이슬의 피톨 속으로 헤엄쳐 들어가
너와 몸 섞는다
이슬로 눈 뜬다

달빛 길을 내다

늙은 어머니 금강산 가는 길
달이 한껏 몸을 부풀리고
둥실 바다 위로 떠올랐습니다
어둠이 슬몃슬몃 길을 내주었습니다
바다 위에도 이렇게 넓은 길이 있다니
어머니의 낮은 탄성이 울립니다

어머니는 첫돌을 넘기지 못하고
떠나간 맏딸을 기억합니다
오십 년 넘게 가슴에 묻혀 있던
아기가 달빛 속으로 걸어 나옵니다
제 발로 세상의 땅을 한 번도 걸어 보지 못한 아기는
어머니의 가슴속을 걸어다니며
아픈 족적을 남깁니다

물 위를 걷듯 살아온 어머니의 삶
다섯 생명을 키워 낸
어머니의 여린 손목이

어둠을 밀어내고
달빛 속으로 넓은 길을 내고 있습니다

어머니의 몸속에
달빛보다 더 환하게 난
길을 따라 금강산으로 갑니다

단풍나무

물방울의 옷을 입고
잎잎에 숨겨진 빛의 길을 걷고 있다

수천수만의 발목을 잡는 물방울들이
색깔 옷을 입고 잠복하고 있다
물든다는 것은
한 색깔과 한 색깔이 뒤섞여
또 하나의 다른 세상을 만드는 것일까
몸 안 허기들이
숨벅숨벅 숨을 들이켠다
물방울의 방마다 잠복해 있던
벼랑 끝 헌화로의 꽃으로 건네지는
레아*의 처연한 달빛과,
심해에서 소리 없이 스며드는
소금의 쓰라린 빛깔까지 건너오고 있다

물든다는 것,
당신의 색깔로 온전히 붉게 물든다는 것은

내가 지워졌다는 것일까요

당신이 나로 스며졌다는 것일까요

---

* 레아 : 『성서』 속의 여인. 야곱의 첫 번째 부인이다. 야곱은 레아의 동생이며
둘째 부인인 라헬을 사랑한다.

부표

물이 차올라 섬으로 떠 있는
간월암
나룻배 줄을 잡고 건너갑니다

낙조 위로 새들이 허공에 길을 만듭니다
하늘에 제 갈 길을 만드는 저 여린 날갯짓
단 한 번의 부딪침도 없이
길을 가는 새들
발자국의 흔적조차 남기지 않습니다

건드리면 우르르 쏟아져 내리는
고통의 의문 부호들이
가득가득 차올라 길을 지워 버립니다

떠나지 못한 새들이
겨울의 바닥을 기억하고,
맨발로 걸어온 흔적,
목 놓아 울던 것들이 반짝이며 부표를 만듭니다

진눈깨비

맨 처음부터 녹아내린 것은 아니었어

서릿발 같은 비수 하나 들고
무작정 네 가슴으로 뛰어들어
원한이 무엇인가 보여 줄 작정이었어
그런데 그게 네가 따스한 눈짓 한 번 보내자
자꾸만 녹아내리는 거였어

원한도 아닌 것이, 용서도 아닌 것이

봄 숲길에서

지난겨울 쌓인 눈으로
툭, 부러져 나간 가지들
환상통으로 저려 온다

산새도 앉지 않는
말라 죽은 상수리나무 곁에
병약해서
손을 놓쳤다고,
변방으로 흘러갔다고
한 번도 중심이 되어 본 적 없었다는
떨어진 가지의 영혼들 수북하다

햇살 사이사이로
나만은 이해한다며 쓰다듬는
구름 방울들이 그래그래 고개를 끄덕이며,
아픈 뼈들이 아프지 못한 뼈들을
일으켜 세우고 있다

제4부
햇빛의 수인번호

간혀 있던

빛

풀어 놓는다

맑은 꽃잎으로 부활하는 아침

수인번호 · 1
─ 엄마 찾아 삼만 리

나는 초등학교 오학년
바람처럼 하늘로 올라간
엄마 찾아 할머니 집으로 갑니다
할머니는 새엄마 밥 얻어먹고 살라 하시네요
나는 세상을 떠돌아다니며 엄마를 찾습니다
엄마가 고파요

아내 젖가슴에 얼굴을 묻자 엄마의 얼굴이 보입니다
나는 날마다 엄마의 젖을 빨아 먹습니다
젖이 텅 빈 아내는
집을 나가 다른 사내에게 젖을 물립니다
그 사내도 나처럼 엄마가 고픈 것일까요
아내는 오늘 밤 또 집을 나갑니다
나는 엄마의 젖을 먹고 있는 사내의 머리통을 힘껏
내리칩니다
엄마는 바람보다 빨리 달아나 버립니다
나는 또 바람보다 빨리 달아난 엄마를 찾아서
온 세상을 떠돌아다닙니다
엄마가 고파요

수인번호 · 2
— 술

술이 된 아버지가 몽둥이를 휘두르자
술독으로 숨어들어 술이 된 어머니
중풍으로 쓰러져도 재떨이 던지는 아버지,
나오지 못하고 40년 발효된 어머니

발효된 어머니가 술독 밖으로 걸어 나오면
나도 사랑과 미움이 혼합된 폭탄주가 됩니다
오늘은 내 생일 술이 되어 들어왔어요
발효된 엄마와 술이 아닌 아내가
뒤엉켜 있네요
나는 술과 술이 아닌 것을 분리시키고 싶었을 뿐인
데요
40년 발효된 술과 폭탄주가
다시 뒤엉켜 돌아가네요
술과 술이 서로를 잡아먹는데요
발효된 술의 심장에서 솟구친 피가,
흥건하게 고인 피가,

감방 천장에서 십 년 동안 이마로 떨어집니다

어머니 숨을 쉴 수가 없어요
내게 호흡이었던 어머니
끊어진 필름처럼
아무것도 기억할 수 없는 내가,
술이 된 엄마가,
밤마다 술독에서 익사체로 떠올라요
술이 피로 변하는 밤
술의 심장이 찢기고 술이 몰락하는 밤

숨을 쉴 수가 없어요

수인번호 · 3
― 괴물

나는 열세 살 계집아이를 몸으로 사랑한 건장한 청년
다시는 안 하면 돼 수없는 맹세
세상의 담벼락을 넘어가지 못하고 떨어집니다
지나가는 유기견 무얼 주워 먹었는지 배가 뚱뚱합
니다
나는 저 유기견보다 못한 삶을 살았습니다*

첫돌 되기 전 나를 세상 밖에 유기한 엄마
겨울 들판, 어린아이가 혼자 울고 있어요
한 번도 배불리 먹어 본 기억이 없는 아이가
열세 살 엄마의 치마꼬리를 잡고 돌아갑니다
엄마가 될 수 없는
열세 살 어린 엄마의 자궁에서
피가 뚝뚝 떨어집니다
저 피가 연산군 어미의 피처럼
이마에 붉은 낙인을 찍습니다

출소하면 찾아뵙겠노라고 말하자

목사님은 '나는 이 안에서만 만남을 갖습니다' 하
네요

붉은 낙인은 괴물처럼 날마다 자라서

얼굴도 몸통도 다 덮어 버립니다

목사님 눈에도 사람은 보이지 않고

괴물만 보입니다

세상은 우리를 가둔 교도소 담장보다 더 굳게 닫혀
있어요

이제 괴물이 되어 버린 나는

이곳을 나가면

또 한 마리 유기견처럼

먹이를 찾아 헤맬까요?

---

* ○○교도소의 문학반에서 한 재소자가 쓴 시의 내용 중 부분 인용.

수인번호 · 4
— 호랑이

아버지 지금 어디 계시나요?
공사판을 떠돌다 함바집 여인하고
살림을 차리신 아버지
엄마는 돌아오지 않는 아버지를 기다리다
떡 광주리 머리에 이고 떡 팔러 나갔어요
엄마는 떡 하나 주면 안 잡아먹지 하는 호랑이에게
팔이며 다리를 떼어 주었는지
아직 돌아오지 않아요

아버지, 누이와 나는 우물가로 달아납니다
숨어들 우물은 깊고,
더 이상 달아날 곳 없어 하늘에다 빕니다
부디 동아줄을 내려주세요
하늘엔 수없이 많은 줄이 있다는데
동화 속처럼 왜 줄은 내려오지 않나요?
누이와 나는 다시 맨발로 달아납니다
애비 없는 세상 막다른 골목

열여덟 푸른 맥가이버 칼을
쫓아오는 호랑이의 목에 꽂습니다
순간 호랑이는 아버지가 되고 아버지는 호랑이가
되고 호랑이는 아버지가 되고……

엄마 돌아오지 않던 그 밤,
호랑이 목에 칼을 꽂던 그 밤은,
십수 년이 지난 지금
몸 안에서 되살아나 똑같이 반복되는데요
나는 비명을 지르며,
세 평 감방 안까지 따라온 호랑이에게 쫓겨 다닙니다
호랑이가 아버지가 되고 아버지가 호랑이가 되는 그
밤은……

호랑이로 넘쳐나는 세 평 감방 안
나도 어느새 호랑이가 된 것은 아닐까요
거울 없는 세상
호랑이가 된 내 얼굴 무엇으로 살필 수 있을까요

수인번호 · 5
— 태풍

아내를 강간하고 노예처럼 끌고 다니던
동네 선배를 뿌리째 뽑아 버렸습니다

뽑힌 것은 선배가 아니라
나, 아내, 내 아이
아내는 이 안에서 오 년을 살고 바람처럼 날아가 버
렸습니다
살인자의 아들이라는 굴레를 쓰고,
뿌리 없이,
다섯 살 내 아이 지금 어디로 숨어들었을까요
햇빛 한 점 들지 않는
춥고 차가운 동굴 바닥에 등 대고 누웠을까요

세 평 좁은 감방 안에
십 년 동안 불어오는 바람의 이빨은
날마다 나를 물어뜯습니다

뿌리가 없어진 나는,

십 년을 물어뜯긴 나는,

또 어떤 태풍이 되어서 세상 한 귀퉁이 쓸어버리고

싶어 할까요

이혼상담실 · 1
— 지게 작대기

첫 번째 나의 사랑은
몰래몰래 다른 여자를 내 방으로 끌어들였지요
이해하지 못한 나는
뻐꾸기처럼 서둘러 알을 낳아 놓고는
지게 작대기로 그 남자의 머리통을 날려 버렸습니다

나는 다른 방으로 건너갑니다

두 번째 나의 사랑은
혀끝에서 꿀이 떨어졌지요
'남의 새끼는 갖다 버려……'
일순간 꿀이 독이 된다는 것을
나는 왜 알지 못했을까요?
나는 또 한 번
지게 작대기로 그 남자의 몸통을 날려 버렸습니다

언제부터 내 손에 지게 작대기가 들려 있었을까요?

아버지, 초등학교 오학년인 나를 발가벗기고
지게 작대기로 때려 대문 밖으로
쫓아냈던 것 기억하시나요?
알몸 안으로 스미던 치욕스런 공포가
부글부글 끓어오르던 저녁,
아버지의 손에 들려 있던
그 지게 작대기 내가 빼앗은 것은 아니었을까요?

아버지, 나의 남자는 머리통도 몸통도 없어요
나는 왜 꽃 대신
한평생 지게 작대기를 들고 다닐까요?

나는 또 다른 방으로 건너가
얼굴 없는 남자의 다리마저 날려 버릴까요?

얼굴도 몸통도 다리도 없는,
나의 아버지

이혼상담실 · 2
— 심장이 없는 여자들

조그만 단독주택에 신혼살림 차렸어요
문간방에 자매가 세 들어 살았는데요
훌륭한 나의 남편은 언니와 동생 둘 다 사랑했다네요
언니는 가슴이 크고 매력적이고,
동생은 살결이 희고 엉덩이가 예쁘다네요
그때부터 내 심장이 쿵쿵거리고 보푸라기 일어나고
조금씩 뜯겨져 나가기 시작했습니다
아득한 현기증이 일어났어요
두 자매에게 돈을 주고 집에서 내보낸 것이 이 이야
기의 시작입니다

동네 다방의 레지가 바뀔 때마다
나는 그 아가씨들의 신체 특징을 알게 되지요
심장이 나빠서 숨을 가쁘게 쉰다든지
숫다리라도 힘이 좋다든지……
동네 세탁소 과부의 수입도 압니다 달마다 적자라네요
훌륭한 나의 남편은 이들의 적자를 메워 줍니다

메워 주는 것은 그뿐만이 아니겠지요?

허한 가슴도 메워 주고……

삼십 년 그렇게 흘러갔어요

형님 동생 하던 옆집 여자의 남편이 찾아와

제게 심장이 있냐고 소리칩니다

훌륭한 나의 남편은 옆집 여자의 무엇을 메워 주었던 걸까요?

삼십 년 동안 뜯겨져 메울 수도 없는

날아가 없는 심장을,

그 남자에게 보여 주었습니다

내 남자의 여자들도 저처럼 심장이 없는 여자일까요?

이혼상담실 · 3
— 자동소총

그 남자의 주먹은
갓난아이 머리통만 합니다
한 번에 파바파박~ 6연발 자동소총입니다

그믐밤 저수지 둑방,
열아홉 소녀에게 사랑의 이름으로 발사됩니다

40년 넘게 수시로 기분에 따라 발사되는데요
탕 탕 탕 날아든 총알은
몸 안을 흘러 다니며 폭약을 뿌려 놓습니다
건드리면 터지는 눈물과 한의 지뢰밭을 만듭니다

그 여자
밟을 땅도 기댈 나무도 없어
허공에서 목을 맵니다

내 목에도 푸른 멍줄 여러 겹입니다

어두운 세상, 자동소총 넘쳐나지요
줄기에 붙어 있던 광합성의 시간
후드득 떨어지며,
애벌레의 길을 막아서는
높은 담장 넘어가면서
내 손목에 힘이 생깁니다

그 여자의 목에 걸린 줄을 풀어 줍니다
한 번만 더 발사하면 형사 처벌입니다
나도 그 남자에게 주먹 한 방 날립니다

고통의 시간을 건너 사랑을 확인하는 법

이 승 하

(시인 · 중앙대 교수)

　이 땅에서도 서구에서도 중국에서도 시의 역사는 2천 년이 넘는다. 유리왕이 「황조가」를 쓴 것은 기원전 17년이었다. 이 한 편의 이별 노래에서 출발한 우리 시의 역사는 신라 시대의 향가, 고려 시대의 가요와 시조, 조선조의 가사 · 경기체가 · 사설시조 · 판소리로 이어졌다. 이 모든 것이 노래였다. 「황조가」는 사랑하는 이를 떠나보내고 부른 이별의 노래였지만 고조선 시대에 나온 「공무도하가」에는 사별의 애끓는 마음이 담겨 있다. 죽음을 초월하는 정한의 가락은 향가 「원왕생가」와 「도천수관음가」에서도 엿볼 수 있다. 「가시리」와 「청산별곡」은 또 얼마나 애끓는 이별의 노래인가. 이별의 슬픔은 황진이의 시조와 신재효의 판소리를 거쳐 김소월의 「진달래꽃」

과 한용운의 「님의 침묵」, 서정주의 「귀촉도」, 박재삼의 「울음이 타는 가을강」에까지 이르렀고, 이 물줄기는 지금도 계속해서 흘러가고 있다.

노래에서 출발한 시가詩歌는 서구 모더니즘의 세례를 받으면서 '歌'가 떨어져나가고 '詩'가 남은 것인데, 그 이유 때문만은 아니지만 오늘날 많은 시가 감흥이나 감동을 주지 않는다. '感興'이나 '感動'이라는 한자어 속에는 마음 심心 자가 들어 있다. 마음을 움직이고 고양시키는 것이 시였는데 오늘날의 시는 신기한 것을 추구하거나 암호 풀이나 미로 학습을 시키는 것이 많다. 우리 시가 지금의 위기에서 벗어나기 위해서는 노래정신의 회복과 함께 독자의 마음을 움직이는 시인 본연의 임무와 역할에 더욱 충실해야 할 것이다.

서경숙 시인의 첫 시집을 읽으며 이런 생각을 한 것은 60편에 달하는 거의 모든 시가 사람의 내면 심리와 기억, 추억, 사랑, 생명, 고통, 시간 등에 관한 성찰이었기 때문이다. 사실 이러한 시적 질료는 2천 년이 넘는 우리 시의 역사에서 어느 시대에나 있었다. 다만 시대 변화에 따라 질료를 다루는 방법이 달라졌을 뿐이다.

서경숙 시인이 시집을 언제쯤 내나 궁금하게 생각한 지도 한참 되었다. 1999년 『현대시학』을 통해 등단한 이래 10년이 지나도록 시집을 내지 않고 있었으니 걱정도 되고 의아심도 들었다. 시 쓰기를 그만두었나 생각하고 있던 터에 시집 원고를 받으니 반갑기 이를 데 없다. 알고 보니 그간 평택대학교에서 상담학 전공으로 박사학위를 받았다고 한다. 주부로서 어머니로서 아내로서 살아가면서 학업을 병행하는 것이 여간 힘들지 않았을 텐데 안양교도소 교정위원, 수원지방법원 이혼상담위원, 예술치료감독, 독서치료 전문가, 이혼상담전문가, 서울신대 상담대학원, 한세대 외래교수 등을 하고 있었다. 『분석심리학에 기초한 시치료의 이론과 실제』란 저서도 출간하였다. 그동안 1인 몇 역의 삶을 사느라 시 쓰기를 뒷전으로 미뤄 두었으나 학위도 받고 첫 저서도 낸 이후에 시집 정리에 들어가 등단 13년 만에 첫 시집을 내게 되었다고 한다.

제일 앞머리에 놓여 있는 시가 「감」이다. 이때의 감은 느낄 '感'과 먹는 '감' 두 가지다.

> 당신의 정원에서 첫 수확한 감을 건네는 순간
> 내 몸 안 붉게 터지는 感
> 깨알같이 빼곡한 연서들이
> 떫은 시간을 지나서 꽃보다 더 붉게 피어난 감들
> —「감」 부분

제1행의 '감'은 먹는 감이고 제2행의 '감'은 느낄 감이다. 누가 누구에게 감을 건네는 것인지는 모르겠지만 아무튼 감을 건네받으니 화자의 몸 안에 붉게 터지는 느낌이 인다. 감정의 복받침이 있는 것이다.

> 나는 당신의 무엇에 感電되었을까요
> 몇 생을 걸쳐 피워 냈을 당신의 感꽃들,
> 서늘한 눈빛, 눈물들이

목젖 깊숙이 비수로 박히는 그믐밤
목숨까지 흔들리며 잎보다 더 많이
흔들리며 피워 낸 당신의 感꽃들,
수많은 感꽃들이 제 목숨을 버려 얻은 감
단 하나 익은 감을
내게 건네는 순간,
몸 안 환하게 터지는
나의 달콤한 感, 감이여

—「감」 부분

　사랑에 대해 흔히 하는 말로 첫눈에 반한다느니 눈에 콩깍
지가 씐다느니 하는 것이 있다. 사람과 사람 사이의 관계에
있어 참으로 중요한 것이 있으니 바로 '교감'이다. 감정의 교
류가 있어야 관계가 이루어진다. "서늘한 눈빛, 눈물들이/ 목
젖 깊숙이 비수로 박히는 그믐밤"이니 두 사람 사이의 교감
이 아프고 아름답다. "몇 생을 걸쳐 피워 냈을 당신의 感꽃
들"이라고 하므로 불교적인 시간관이라고 할 수 있겠는데, 사
실 두 사람이 만나 사랑을 하기까지는 수많은 우연과 필연(이
모든 것을 불가에서는 인연이라고 한다)이 겹쳐져야 가능하
다. "목숨까지 흔들리며 잎보다 더 많이/ 흔들리며 피워 낸
당신의 感꽃들"이므로 타인을 향한 시적 화자의 마음의 간절
함이 어느 정도인지 충분히 느껴진다. 수많은 감꽃들이 제 목
숨을 버려 얻은 것이 감인데 그중에서 제일 먼저 익은 감 하
나를 그가 나에게 건넨다. 내 몸 안이 환하게 터진다는 것은
카타르시스나 오르가슴이라고 할 수도 있겠고 법열이나 염화

시중의 미소라고 할 수도 있을 것이다. 아무튼 감꽃과 감의 관계에 있어서나 그대와 나와의 관계에 있어서나 감전의 짜릿한 순간, 즉 감정의 복받침이 필요함을 시인은 역설하고 있다.

> 한 번도 제 속살을 보여 준 적 없는 천 년 전 여인이
> 단풍 숲을 지나 문수사로 갑니다
> 지혜의 보살님 차마 사랑이라 말하지 못하는
> 제 가슴속 바람을 그냥 지나가게 해 주십시오
> 싸리 울타리 안
> 밤을 모르는 어린 서방의 투정을
> 잠재울 수 없는 것일까요
> 몇 겁의 생을 지나는 길목인가요
> 이생에서도 그는 왜 바람으로
> 내 치마폭을 흔들어 대는 것일까요
> ──「애기단풍 숲을 지나다」부분

이 시에서도 시인은 불교적인 세계관으로 인연설과 회자정리의 오묘함에 대해 이야기하고 있다. 앞의 시에서는 사랑이 이루어졌는데 이 시에서는 차마 사랑한다고 말하지 못한다. 사람과 사람 사이의 관계란 어찌 보면 이별과 사별의 연속이다. 아무리 돈독한 부부관계일지라도, 부자관계나 연인관계일지라도 결국은 앞서거니 뒤서거니 타인의 죽음을 지켜보는 사별의 순간이 오게 마련이고, 우리는 그 순간을 기다리며 울고 웃는다.

계곡 물에 발을 담그자
그도 함께 작고 하얀 발을 담그는데요
얼음송곳 같은 차가움이 온몸에 상흔으로 남습니다
그가 차가운 발에 입 맞추는데요
천 년 동굴벽화 속의 해독되지 않는 부호처럼
아무도 모르는 몸짓으로
바람과 바람으로 우리 몸 섞을까요
수없이 태어난 우리의 자식들이
잎잎이 피어나 저렇듯 붉은 몸짓으로 매달리는 이곳
이제 쓸쓸히 또 몇 생을 지나
아름드리 수백 년 몸짓들이
홀로 뭉텅뭉텅 베어 먹은 밤의 숨결들이
처연히 몸을 섞는 단풍 숲을 지나 문수사로 갑니다
　　　　　　　　　—「애기단풍 숲을 지나다」부분

　나와 그는 흡사 한단지몽이나 남가일몽 같은 꿈속의 사랑을 한 것인지도 모르겠다. 『삼국유사』에 나오는 조신몽 설화를 연상시키기도 한다. 애기단풍 숲은 "수없이 태어난 우리의 자식들이／ 잎잎이 피어나 저렇듯 붉은 몸짓으로 매달리는" 곳이다. 숲은 무수한 생명의 탄생이 이뤄지는 곳이기도 하지만 시간이 집적集積되는 불가사의한 곳, 혹은 이승과 저승이 엇갈리는 사자死者들의 안식처이기도 하다.
　제일 앞에 자리한 두 편의 시로 미루어 보건대 서경숙은 타임머신을 타고 현재와 과거를 넘나드는 다분히 마술적이고 주술적인 세계를 보여 주고 있음을 알 수 있다. 「푸에르 에터누스」1, 2번 시와 「잠을 깨요 그대」에 잘 나타나 있듯이 신화적 상상력을 지니고 있기도 하다.

서경숙은 한편으로는 공간을 자유롭게 넘나드는 시인이다. 오스트리아 잘츠부르크의 호수를 보여 주기도 하고 문수사와 개심사와 백련사 같은 고찰을 거닐기도 한다. 마량포구 동백 숲이나 간월암에 가면서도 시상을 떠올린다. 사랑시를 읽는 김에 두 편만 더 읽자.

　　여러 마음 뒤섞인 발자국들 올라가고 있다
　　주저흔도 없이 단번에 목을 꺾은 동백들
　　붉은 눈 감지 못하고 있다

　　한 생을 건너가며
　　마지막 순간까지 놓을 수 없던 것은 무엇일까

　　몸통에서 떨어져도 놓지 못하는 집게발게의
　　집착 같은 사랑
　　죽어도 못 잊는다고
　　서리 내린 저녁 마지막 가지에 매달려 있던
　　홍시 같은,

　　파랑 같은 오백 년 세월 속에서도
　　목을 꺾으며 매달리는
　　한 맺힌 붉은 사랑 같은 것
　　　　　　　　　　　　　—「백련사 동백 숲에서」 전문

전남 강진군 백련사 근처에 있는 백련사 동백나무 숲에는 수령 500년이 넘는 나무들이 장관을 이루고 있다고 한다. 그 나무들의 의미를 시인은 동백나무에 피는 꽃과 나무와의 관계로 풀어냈다. 꽃은 피었다가 지는 것이 운명이다. 이것도 회자정리이리라. 낙화를 사별로 생각한 시인에게는 꽃의 붉은 색상도 여간 의미심장하지 않다. 누군들, 사랑하는 사람을 이승에 두고 저승에 먼저 가고 싶겠는가. 내 눈앞에서 사랑하는 사람이 막 숨을 거두면 백수광부의 아내처럼 나 또한 따라 죽고 싶은 생각이 들기도 할 것이다. 그런데 마지막 남은 한 송이 동백꽃은 "파랑 같은 오백 년 세월 속에서도/ 목을 꺾으며 매달리는/ 한 맺힌 붉은 사랑 같은 것"이다. 애달픈 사랑이라기보다는 처절한 사랑이다. 사실상 꽃은 식물의 성기이므로 그 예쁜 모양이나 향기가 다 이유가 있는 것이다. 시인은 백련사 동백 숲에서 생명을 가진 것들의 이별과 사별에 대한 생각에 이렇게 잠겨 보는 것이다.

개심사 앞마당의 배롱나무를 노래한 「꽃그늘 아래」도 고려가요 같은 남녀상열지사로 읽힌다. "피 묻은 맨발로/ 전갈이 춤추는 사막의 밤/ 다시 돌아가고 싶"다고 하는데, 이를 두고 어찌 경건한 종교적 만남이라고 할 수 있겠는가. "뜨거움과 차가움 그 간극 사이로/ 모래바람 불어오고", "알알이 붉은 꽃으로 터지는/ 배롱나무 꽃그늘 아래" 서 있는 화자는 "너에게 스미고 싶어"라고 고백한다. 배롱나무와 전갈을 비유의 대상으로 삼아 화자는 "먹이가 되어도 좋아" 하면서 이루어질 수 없는 사랑을 열망한다.

그런데 제1부의 시 전부를 남녀상열지사로 보면 곤란하다. '사랑'이라는 것을 일종의 생명현상으로 이해하면 결국 서경숙의 시는 생명 예찬으로 귀결된다. 살아 있기에 사랑도 하고 꽃도 피우고 낙화도 하는 것. 사랑하기에 웃기도 하고 울기도 하는 것. 다들 죽어 가기에 생을 더욱 아끼고 수명에 집착하기도 하는 것.

제2부의 시는 제목으로 보아 유년기와 성장기 때의 일을 회상하면서 쓴 연작시가 아닌가 여겨진다. 「기억의 둥근 자리」 3번은 두물머리를, 4번은 대부도를 공간적 배경으로 한다. 3번 시에 나오는 빈혈증의 그와 4번 시에 나오는 강박증의 내 애인은 실존인물일까? 시인 본인일까? 2번 시 산천어 이야기에서도 사람 사이의 관계 설정이 얼마나 중요한가를 말해 주고 있다.

둥실 떠올랐다가 이우는 천 개의 보름달 속으로
당신과 나의 옷자락이 스쳐 지나가고
빛의 속도로 우리는 이 우주를 몇 생이나 에돌았을까요
나는 맨발로 당신이 헤엄치는
차가운 물속으로 걸어 들어가
세포 속에 숨어 있던 꽃들을 당신에게 흘려보냅니다
당신은 나를 바라보며 웃습니다
나는 아가미가 없어서 당신의 언어를 해석할 수 없다고
말하자
당신은 계곡 가득 툭툭 들깨처럼 터지는

꿈의 알들을 슬어 놓고 초록 물비늘 속으로 사라집니다
— 「기억의 둥근 자리 · 2―산천어 이야기」 부분

아, 이제 알겠다, 서경숙은 광대무변한 우주를 유영하는 시인이면서 시공을 초월하는 상상력을 지닌 시인임을. 이 시는 흡사 「월인천강지곡」을 연상케 하는데, 그래서인지 사랑 이야기일지라도 단순한 남녀상열지사가 아니다. 범우주적이면서 초시간적이고, 또한 초월적이다. "초록 물비린내 뭉클한 산천어가/ 무릉계곡을 지나 산 구름 저편으로 흘러가는 저녁입니다"라는 이 시의 마지막 연은 공감각적인 표현이라 시의 신비성을 배가시켜 주고 있다. 연작시의 6번과 7번은 고통에 대한 연구라고 할 수 있을 것이다. 생명체는 사랑만 하는 존재가 아니다. 고통을 겪고, 고통을 통해 성장하는 존재다.

또다시 날아드는 사과…… 깊은 어둠에서 눈뜨면 나는 무엇이 될까요?

상처가 아물기까지 얼마나 많은 빛이 필요할까요
— 「기억의 둥근 자리 · 6―변신」 부분

얼굴 없는 화성 연쇄살인범의 마스크를 쓰고
캄캄한 들판을 가로질러 달려가
긴 머리 새댁의 배를 찌른다

'나는 임신부예요 내 안에 새 생명이 자라고 있어요……'

무표정한 군중들, 시퍼런 비수가 배를 집중적으로 공격하
는데 그냥 바라보고만 있다

　　내가 나에게 살해당하는 비 오는 어둠 속……
　　　　　　　　　　—「기억의 둥근 자리·7—그림자」부분

　인간이란 희로애락에서 초연할 수 없고 인간의 생애란 생
로병사에서 벗어날 수 없다. 질병은 느닷없이 오고 죽음은 부
지불식간에 온다. "어두운 골방 울다 잠든 어린 계집아이"는
너무 일찍 세상의 비극에 노출된다. "비 떨어지는 처마 밑으
로 내몰리기도 하고/ 포효하는 소리로 고막을 터뜨리기도 한
다". 자기 목소리로 자기 고막이 찢어지니 이 얼마나 뼈에 사
무친 비명인가. 묻지 마 살인이니 연쇄살인이니 하는 것들이
신문지상을 장식하고, 노소를 가리지 않고 성추행과 성폭행
에 시달리는 사바세계가 우리가 살고 있는 지상이다. 어떤 경
우에는 아버지가 고통의 진원지가 된다.

　　아버지 그때는 왜 그러셨어요……
　　아버지의 고함 소리는 늘 동백꽃으로 진다
　　일곱 식구의 무게로 뼈만 남은 아버지 푸석,
　　한 줌 재로 스러진다
　　숨결들은 어두운 점자로 떠돌아 읽히지 않을 테지만
　　세상에 늘 겨울만 있는 것은 아니라며
　　토닥토닥 어깨를 두드리는 아버지의 온기가
　　한 자락 어둠을 지운다
　　몸 안 둥지를 틀고 앉아서 뼈를 쪼아 대던 새가

반짝이는 겨울 햇살 속으로 푸드득 날아간다
　　　　　　　—「기억의 둥근 자리·10—양철북」부분

　화자는, 아니 시인은 일곱 살 적 이야기를 구체적으로는 하지 않지만 아버지의 고함 소리와 죽음을 회상한다. '아버지의 온기'는…… 결국 식게 된다. 다섯 형제는 아버지가 없는 집에 계속 있을 수 없다. 모두 다 둥지를 떠난다. 식구란 사별을 전제로 한 집에서 사는 사람들이다.

　　아침에 태어난 아기를 세 번째 딸이라고
　　저녁까지 윗목에 밀어 놓았던 내 생의 첫 시작,
　　그 어둠을 몸은 기억하는 걸까
　　어머니의 울음과 한숨 소리가
　　얼음 알갱이로 떠다니며 서늘한 그늘을 만든다
　　밤마다 충치처럼 욱신거리는 언니와
　　줄 앞에 선 사내 동생들을 둠벙 속으로 밀어 넣었다
　　그럴 때마다 나는 빈 껍질로,
　　유령처럼 둠벙 위를 떠돌았다
　　생인손톱 빠지던 그해 겨울
　　오지 않는 어머니를 기다리던 병실의 링거액은
　　붉은 강으로 흘러가 버렸다
　　　　　　　—「기억의 둥근 자리·11—왼쪽 나라」부분

　확인해 보지 않았지만 시인의 가족사가 이 시에 일부 펼쳐져 있음을 짐작할 수 있다. 단편소설 몇 편이 될 얘깃거리가 한 편 시 속에 전개되고 있다. 아프고 서럽고 슬프다. 불가에서 오래전부터 내려오는 이야기가 있으니, 전생에 서로 죽이고 죽은 원수가 이생에서 부모 형제로 태어난다는 것이다. 아파하면서 용서하고, 미워하면서 화해하는 것이 가족이리라.

> 그대로 흐르면서 지나가라
> 내가 상처 하나를 잊지 못하랴
>
> ─「흐르는 별을」 부분

중년에 접어든 시인은 지나온 생을 반추하며 이렇게 말하고, 살아갈 날이 살아온 날보다 짧은 노신사는 또 이렇게 말한다.

> 생生을 한 자락 앞서 가던 옆에 앉은 노신사가
> '사는 것은 잊혀 가는 거라' 일러 주지만
> 상한 글자들은 흔들릴 때마다 상처를 내고
> 하늘엔 보이지 않는 낮별이 하나 더 뜬다
>
> ─「흔들리며 서 있는」 부분

시간은 모든 상처를 아물게 하는 신비스런 영약이다. 아무리 시절이 하 수상해도 유수같이 흘러가는 시간은 우리의 마음을 진정시키고 망각은 또 우리의 영혼을 정화시킨다. 그래서 나쁜 기억도 경우에 따라서는 그리운 추억이 되기도 하는 것이다. 시인은 제3부에서도 "기억의 회오리 속 찢어진 날개, 부서진 의자 목발들"(「민들레의 뿌리는 깊다」), "주름진 뇌세포 사이사이 숨어 있던 기억들"(「다시 석문호」), "끊어진 희망과 굼벵이라 불린 기억을/ 한 코 한 코 얽어 투명한 날개 만들어 단다"(「어둠을 지우며 그대에게로 간다」), "그물에 걸려 등뼈 휘어지게 몸부림치던 멀미 나는 기억들"(「길 없는 길」) 하면서 기억 되살려 내기에 힘쓰고 있다. 기억만으로 있으면 대개 그것은 상처가 되고 원한이 되고 죄가 된다. 그렇지만 시간은 상처·원한·죄 같은 것을 곱씹는 것을 허락하지 않는다. 우리는 상처 대신 회복을, 원한 대신 용서를, 죄 대신 보속을 갈망하는 존재이기도 하다. 제3부의 시편은 이렇듯 거의 다 잊히지 않아 더욱 아픈 과거지사를 정화시키고자 하는 시인의 노력의 산물이다.

> 연꽃을 거꾸로 피워
> 네 안에 불을 밝히면
>
> 별도 들지 않는 폐허
> 엎드려 떨던 죄 깊은 생각들 사위어 가고
>
> 환해지는 이마를 네게 기대며
> 내 안에 들어앉은 숨소리 읽는다
> ——「숨소리—개선사지 석등」부분
>
> 가장 절정의 순간에
> 거꾸로 매달려
> 향기로운 등신불로 다시 태어나고 있다

다른 한 생으로 거듭나고 있다

—「드라이플라워 피어나다」 부분

베토벤의 명언 "고통을 뛰어넘어 환희에 이르라"는 말이 불현듯 생각난다. 시인은 고통스런 기억을 직·간접적으로 털어놓음으로써 영혼이 정화되는 경험을 하였다. 그래서인지 어떤 시는 참회진언 내지는 게송 같다. 시인에게는 불교의 가르침이 큰 힘이 된 것 같다. 세상의 시인들은 어찌 보면 다 환자다. 자기고백을 통해 자가치료를 하는 것이다. 예술의 기능이 그렇지 않은가. 인간은 누구나 '표현'을 하면 현실을 극복도 하고 초월할 수도 있다. 현대의 상담치료는 사실상 상담이 아니라 환자가 자기고백을 하게 함으로써 처방의 길을 스스로 모색하게끔 유도하는 것이다. 내 안에 들어앉은 숨소리를 읽고 다른 한 생으로 거듭나고 있다는 것은 결국 시를 통해 해탈의 길을 모색하였다는 뜻이 아닐까.

시집의 제4부는 시인이 자신의 '일'에서부터 소재를 가져와 형상화한 시를 모았다. 한국상담가협회의 이혼상담전문가로서, 몇몇 교도소의 교정위원으로서 보고 듣고 느낀 것들을 시로 썼다. 읽으면 바로 이해가 되는, 우리 이웃이 겪고 있는 지극히 현실적인 이야기들이다. 사연은 하나같이 가슴 아프다. 시인 스스로 아파 보았기에 아픈 사람들을 잘 이해하고 잘 보살펴 줄 수 있는 것이 아닐까. 사실주의 계열의 시라서 해설자가 설명하지 않아도 독자가 다 잘 이해할 수 있으리라 생각한다. 「수인번호」 5편과 「이혼상담실」 3편을 읽으며 가장 크게 느낀 것은 인간이라는 존재는 타자에게 상처를 주면서도 자신은 상처받지 않으려 한다는 것이다. 그러니까 우리 인간의 나날은 죄업을 쌓는 나날이다. 어떻게 해야 할 것인가? 방법은 타자를 이해하고 사랑하려고 노력하는 수밖에, 다른 방도가 없다. 어차피 병들고 늙고 죽어 가는 것이 우리의 운명이다. 이 운명에서 벗어날 길이 없으니 고통은 애써 참고 타자에게 사랑을 베풀다 보면 '아름답게' 늙고 병들고 죽어 갈 것이다. 장년과 노년의 모습이 아름다운 사람이 있고 그렇지 않은 사람이 있는데 이것은 오직 그 사람이 어디서 무엇을 하고 있느냐에 달려 있다. 서경숙 시인은 바로 이런 인생철학을 잔잔히 들려주고 있다. 어둠에 오래 갇혀 있던 것들, 가장 부드러운 혀로 환부를 핥던 이야기를 풀어 놓는다는 시인의 말이 이제 비로소 납득이 된다. 시인은 이야기보따리를 하나 풀었으므로 다시 길을 떠나야 할 것이다. 시인의 행보를 지켜보며 마음에서 우러난 박수를 보내고 싶다. 시 쓰기와 일상이 일치된 삶을 앞으로도 잘 꾸려 갈 것을 믿어 의심치 않는다.

시인 서경숙

서울 출생
중앙대학교 예술대학원 졸업(시 전공, 문학석사)
평택대학교 대학원 졸업(상담학 전공, 철학박사)
『현대시학』 등단
서경숙 시치료연구소 소장
수원지방법원 상담위원
안양교도소 교정위원
남부교도소 자문위원
대신선교대학원 상담학 교수
서울신학대학교 상담대학원/한세대학교 외래교수
한국독서치료학회 이사
한국정신역동학회 이사
한국통합예술치료학회 예술치료 감독
한국목회상담학회 상담전문가
한국독서치료학회 전문가
한국상담가연합회 이혼상담/법원상담 전문가
저서『분석심리학에 기초한 시치료의 이론과 실제』

E-mail: thresia@hanmail.net

햇빛의 수인번호

지은이 | 서경숙
펴낸이 | 김재돈
펴낸곳 | 도서출판 시와시학
1판1쇄 | 2012년 8월 15일
출판등록 | 2010년 8월 10일
등록번호 | 제2010-000036호
주소 | 서울 종로구 명륜동1가 42
전화 | 744-0110
FAX | 3672-2674
값 8,000원

ISBN 978-89-94889-36-8 03810
* 저자와의 협의에 의해 인지를 생략합니다.
* 잘못된 책은 바꾸어 드립니다.